GW01319521

I Narratori / Feltrinelli

ERRI DE LUCA
IL PESO DELLA FARFALLA

Feltrinelli

© Giangiacomo Feltrinelli Editore Milano
Published by arrangement with
Susanna Zevi Agenzia Letteraria
Prima edizione ne "I Narratori" novembre 2009
Quarta edizione gennaio 2010

Stampa L.E.G.O. S.p.A. Stabilimento di Lavis – TN

ISBN 978-88-07-01793-3

www.feltrinellieditore.it
Libri in uscita, interviste, reading,
commenti e percorsi di lettura.
Aggiornamenti quotidiani

razzismobruttastoria.net

Il peso della farfalla

Sua madre era stata abbattuta dal cacciatore. Nelle sue narici di cucciolo si conficcò l'odore dell'uomo e della polvere da sparo.

Orfano insieme alla sorella, senza un branco vicino, imparò da solo. Crebbe di una taglia in più rispetto ai maschi della sua specie. Sua sorella fu presa dall'aquila un giorno d'inverno e di nuvole. Lei si accorse che stava sospesa su di loro, isolati su un pascolo a sud, dove resisteva un po' di erba ingiallita. La sorella si accorgeva dell'aquila pure senza la sua ombra in terra, a cielo chiuso.

Per uno di loro due non c'era scampo. Sua sorella si lanciò di corsa a favore dell'aquila, e fu presa.

Rimasto solo, crebbe senza freno e compagnia. Quando fu pronto andò all'incontro con il primo branco, sfidò il maschio dominante e vinse. Divenne re in un giorno e in duello.

I camosci non vanno a fondo nello scontro, stabiliscono il vincitore ai primi colpi. Non cozzano come gli stambecchi e le capre. Abbassano la testa al suolo e cercano di infilare le corna, appena curve, nel sottopancia dell'altro. Se la resa non è immediata, agganciano il ventre e lo squarciano tirando indietro il collo. Di rado arrivano a questo finale.

Con lui fu diverso, era cresciuto senza regole e le impose. Il giorno del duello c'era sopra di loro il magnifico cielo di novembre e in terra zolle di neve fresca, ancora minoranza. Le femmine vanno in estro prima dell'inverno e mettono al mondo i figli in piena primavera. A novembre si sfidano i camosci.

Entrò nel campo del branco all'improvviso, sbucando dall'alto giù da un salto di roccia. Le femmine fuggirono coi piccoli dell'anno, restò il maschio che scalciò sull'erba con gli zoccoli anteriori.

In alto si ammucchiarono ali nere di cornacchie e gracchi. Sospese sulle correnti ascensionali guardarono il duello aperto a libro sotto di loro. Il giovane maschio solitario avanzò, batté zoccolo a terra e soffiò secco. Lo scontro fu violento e breve. Le corna dello sfidante si aprirono una breccia nella difesa e il corno sinistro agganciò il ventre dell'avversario. Lo squarciò con un chiasso di strappo e in alto strepitò il frastuono di ali. Gli uccelli proclamavano il vinto a loro destinato. Il camoscio sventrato fuggì perdendo viscere, inseguito. Le ali si tolsero dal cielo e scesero in terra a divorarle. La fuga del vinto si spezzò di netto, s'impuntò e cadde sopra il fianco.

Sul corno insanguinato del vincitore si posarono le farfalle bianche. Una di loro ci restò per sempre, per generazioni di farfalle, petalo a sbattere nel vento sopra il re dei camosci nelle stagioni da aprile a novembre.

Quel mattino di novembre si svegliò stanco. Da molti anni dominava il territorio, sfidato da nessuno. I figli suoi cresciuti nella società delle madri non conoscevano la sua asprezza. Sotto di lui non c'erano duelli. I maschi grandi andavano in esilio in cerca di altri branchi.

Fu tempo di pace nel loro regno, si moriva per la caccia dell'uomo e dell'aquila. Ai predatori, di fondovalle e di cielo, i camosci pagavano il debito di abitare il regno. L'uomo si caricava la cattura sulle spalle e la portava a valle, l'aquila consumava sul posto e poi prendeva la rincorsa in discesa per rimettersi in volo.

11

L'aquila a terra è goffa. Appesantita dal pasto è poco più di un tacchino. Va via sopra le zampe corte e prima di salire tocca e rimbalza a terra un po' di volte. Un'aquila sazia a terra è vulnerabile.

Il re dei camosci ne aveva uccisa una sopra un altipiano. Aveva aspettato che si appesantisse e poi l'aveva attaccata. L'aquila non riusciva a prendere quota, affannava bassa. Il branco sbigottito da lontano aveva visto il loro re buttarsi a muso a terra addosso all'aquila che scappava e ricadeva. Il re con un colpo di corno sinistro l'aveva trafitta a mezz'aria mentre si abbassava. Ferita, poi l'aveva calpestata saltandole sopra con gli zoccoli, lasciandola a morire. Non si era mai visto, nel regno dei camosci.

Quel mattino di novembre si svegliò stanco e seppe che era all'ultima stagione di supremazia. Le sue corna si sarebbero arrese a quelle di un suo figlio più deciso. Ne aveva già dovuto ferire uno al ventre, senza andare a fondo, uno che scalpitava. Uno di loro avrebbe sparso le sue budella al prato e lui sarebbe stato una carcassa sconfitta e svuotata. Non doveva finire così, meglio scomparire, in quello stesso inverno e non farsi trovare.

Non dormiva col branco, neppure nell'autunno della monta. Aveva diversi rifugi notturni, sotto mughi scavati, in grotte sospese sopra rocce friabili dove l'uomo non poteva salire neanche con l'odore. Scendeva al branco in ore diverse, con la nebbia, prima dell'alba, dopo il tramonto. Non dava a nessuno il vantaggio di prevederlo. Al suo arrivo le femmine gli andavano incontro e i giovani maschi piegavano il ginocchio ad abbassarsi.

Quel giorno di novembre il re riconobbe il declino. Il cuore batteva più lento dei duecento colpi al minuto, spinta che dà ossigeno agli slanci in salita e li fa superare in leggerezza.

Gli zoccoli del camoscio sono le quattro dita del violinista. Vanno alla cieca e non sbagliano millimetro. Schizzano su strapiombi, giocolieri in salita, acrobati in discesa, sono artisti da circo per la platea delle montagne. Gli zoccoli del camoscio appigliano l'aria. Il callo a cuscinetto fa da silenziatore quando vuole, se no l'unghia divisa in due è nacchera di flamenco. Gli zoccoli del camoscio sono quattro assi in tasca a un baro. Con loro la gravità è una variante al tema, non una legge.

Li poggiò all'alba nella nebbia fitta, da non vedere a terra e se li trovò incerti. Così aspettò che il cuore spingesse i colpi fin dentro le unghie e il giorno crescesse insieme ai battiti. Non voleva cedere, chinare il suo corno sinistro davanti a un maschio minore, solo più fresco di forze.

Fiutò l'orizzonte per sapere dove mai più tornare, né farsi trovare. Il giorno di sole schietto asciugò presto la nebbia, un ruscello di luce infilava il branco da est che ci si abbeverava sollevando all'aria i musi. Stavano molti metri giù da lui. Dal suo riparo in ombra vide la loro forza, il numero, che tollera le perdite. Non erano coraggiosi, erano molti, valore che dà forza ai più deboli.

Erano figli suoi, usciti dalle spinte dei suoi fianchi. Non ne era orgoglioso, aveva fatto il volere della vita. Potevano osare l'aperto in piena luce.

Brave le femmine che sgravano a maggio salendo ai pascoli più alti. Partoriscono in solitudine, poi fanno gruppo con altre madri. Crescono i piccoli in giardini d'infanzia recintati da burroni e cieli. Fanno scudo con le loro corna alle picchiate dell'aquila, senza l'aiuto di nessun maschio.

Brave le camosce, ognuna con un marmocchio appiccicato all'ombra e alle mammelle. Il re le sorvegliava da lontano, lieto di vedere nascere più femmine che maschi.

Gli arrivò in salita l'odore dell'uomo e del suo olio. Apparteneva all'assassino di sua madre. Era lui, saliva ad abbattere camosci da solo, cercava il loro re da anni.

Dette un calcio a una pietra e la mandò a sbattere lontano sopra le ghiaie ripide. L'urto fece precipitare una piccola scarica di sassi. L'uomo in fondo al pendio si voltò in su a cercarla, per risalire alla bestia che l'aveva mossa. Guardò nel punto sbagliato. Il re dei camosci nell'ombra lo prendeva in giro da molti anni.

L'uomo ne aveva uccisi più di trecento. Mirava all'alto della coscia, un punto che abbatteva la bestia senza guastare la pelliccia. La sventrava sul posto, poi si caricava in spalla la carcassa alleggerita. Un camoscio maschio adulto sta tra i quaranta e i sessanta chili al massimo. Il re era fuori taglia, di sicuro pesava di più.

L'uomo vendeva la pelle ai conciatori, la carne ai ristoranti che l'acquistavano sottobanco. Saliva spesso a novembre quando i maschi si battono e sulla loro schiena cresce

alto fino a trenta centimetri il ciuffo della ma-
turità.

In inverno cacciava per le tavole degli scia-
tori, d'estate per l'appetito degli escursionisti
e degli alpinisti, ma a novembre c'era il trofeo
del ciuffo di schiena, che da solo valeva il resto del camoscio. Cercava il loro re da molti
anni, ammetteva di non avere mai incontrato
un altro così.

Bestia assassina l'uomo che abbatteva i figli
del re dei camosci da lontano, bestia che bruli-
cava a valle e faceva rumore di tuono quando
era sereno. Bestia solitaria quella che saliva da
loro per agguato, per portar via. Anche così i
camosci lo preferiscono all'aquila, che arriva
d'improvviso senza avviso di odore, in giorno di
nuvole e di nebbia e spinge nel vuoto i piccoli
per divorarli in basso sfracellati. Meglio l'uomo,
che si fa sentire da lontano e che scaccia le aqui-
le. Di lui i camosci si accorgono sempre.

L'uomo era in là negli anni, gran parte di vita salita a cacciare di frodo le bestie in montagna. Si era ritirato a fare quel mestiere dopo la
gioventù passata nella città tra i rivoluzionari,
fino allo sbando.

Per un tempo del secolo scorso la gioventù si dette una legge diversa da quella stabilita. Smise di imparare dagli adulti, abolì la pazienza. In montagna saliva cime nuove, in pianura si dava nomi di battaglia. Voleva essere primizia di tempi opposti, dichiarava falsa ogni moneta. Non aveva diritto all'amore, pochi di loro ebbero figli durante gli anni rivoluzionari. Mai più si è visto un altro accanimento a rovesciare il piatto, in una gioventù. Un piatto sottosopra contiene poco però ha la base più larga, sta piantato meglio.

Si era ritirato tra le montagne di nascita e aveva ripreso a cacciare di frodo. Aveva abitato malghe abbandonate, bivacchi di alpinisti. Poi qualcuno gli aveva lasciato un riparo di pietra in cima a un bosco e lui se l'era adattato addosso. Era una sola stanza, fuoco e acqua. L'unica miglioria: doppia finestra e in mezzo ci metteva il muschio, che si assorbe il vento. Si caricava in spalla i camosci tirandoli giù da rocce spaventose da guardare, lungo i sentieri invisibili battuti dai loro zoccoli lievi, appena un segno di matita sopra i precipizi. Legava poco con il villaggio vicino, ma conosceva tutti e un po' lo proteggevano. Ogni villaggio ha un santo e un bandito. Non era sotto mandato

di cattura, era bracconiere ma nessun guardacaccia lo aveva potuto cogliere sul fatto.

Andava per montagne con un 300 magnum
e la pallottola da undici grammi. Non lasciava
ferita la bestia, l'abbatteva con un colpo solo.
Ci sapeva arrivare sopravento, stava fermo per
ore in pieno gelo, scalava lesto in salita e in discesa.

Quel giorno di novembre si alzò stanco nelle gambe, appena sveglio già pesava un affanno da fine giornata. Fu il sole a persuaderlo a
prendere il sacco. L'arma era dalla sera prima
accanto al letto, chi vive solo deve stare pronto. Uscì con il caffè che gli fumava in testa.

La sera prima c'era stato vino al villaggio e
un traffico di persone all'osteria, venute per
un saluto a lui. Si festeggiava la ricorrenza di
una sua scalata che vent'anni prima aveva
mosso chiacchiere e ammirazioni.

L'alpinismo per lui era una tecnica al servizio della caccia, per arrivare dove altri non potevano. Agli inizi c'erano in giro altri bracco-
nieri: erano spariti, per età, rinuncia.

Venti anni prima aveva scalato un versante
ancora impossibile per sorprendere dall'alto

un branco di camosci, irraggiungibile dal versante buono perché troppo scoperto. Aveva già salito con il fucile in spalla, da solo, la parete vergine. Ne era sceso dal versante opposto con il camoscio sulle spalle.

Al villaggio, dopo la vendita della carne, aveva incontrato degli alpinisti venuti da fuori che si preparavano all'impresa di aprire una prima via su quella parete. Disse che lui l'avrebbe salita prima di loro; da solo e slegato, senza protezioni, il giorno dopo. Scommisero il contrario e ci caricarono su una bella posta. Il giorno successivo ripeté la scalata sotto il loro naso all'insù, senza l'ingombro di fucile e sacco. Per quelli era un'impresa fuori esempio, per lui un espediente per non farsi fiutare dai camosci. Nelle imprese la grandezza sta nell'avere in mente tutt'altro.

Vinta la scommessa non aveva voluto incassare la posta, rivelando loro che aveva già salito la parete. Si pagava la vita coi camosci, non con gli alpinisti.

Quella sera aveva suonato per i presenti l'armonica a bocca. Era il suo modo di stare insieme senza rispondere a domande.

Il giorno di novembre era lucente, un giorno buono per chi è giovane e scintilla di energie. Di quelle ne ricordava il profumo di cuoio ingrassato e di prima neve. Ora rubava le energie all'aria, le assorbiva dal fuoco, le proteggeva dal vento. Era un pezzo di pane secco da strofinare all'aringa appesa al trave, per riavere sapore.

Quel giorno gli dava fastidio al naso il lubrificante del fucile. Non volle mascherarlo avvolgendo l'arma nella fodera spalmata con escrementi del camoscio, per imbrogliare il loro fiuto profetico. A centinaia di metri di distanza sollevano il muso, tirano aria con una narice alla volta, una smorfia buffa che prendeva in giro: tana per il cacciatore.

Il sole di novembre spalmava odore di uomo tutt'intorno, un grasso rancido che nessuno sterco poteva camuffare. L'aria di novembre denuncia l'uomo a tutta la montagna.

Uscì, un'andatura indurita accompagnava i passi, il dolore al ginocchio avvisava il cambio di stagione. Stava venendo neve, quella che si ferma. Il fumo del caffè si confuse con gli ultimi funghi del bosco. Non ne andava in cerca, li lasciava stare. Doveva salire a 2300 girando intorno a mezza montagna. Era stanco.

Aveva abbattuto il camoscio trecentosei un mese prima. Era un maschio robusto, ferito da uno strappo al sottopancia. Non era profondo, non aveva raggiunto il pacco di budella. Il re dei camosci doveva essere ancora in cima al regno per avere vinto un maschio così forte. Due volte l'aveva visto con il binocolo: un paio di corna mai spuntate in testa a un esemplare e un ciuffo sulla schiena impennato in alto a coda di gallo. Da quella ferita al ventre aveva saputo che il re viveva ancora. Doveva essere l'ultima stagione, non c'era tempo per vincerlo. Sarebbe scomparso, nascosto a morire in qualche buco.

Il re dei camosci: buffo che a valle chiamavano così lui, il cacciatore. Se lo lasciava dire, ma di sé preferiva il titolo di ladro di bestiame. Rubava al padrone di tutto, che si lasciava togliere, ma teneva il conto. Ogni giorno era buono per pagare il saldo tutto insieme, pure quel giorno tiepido e veloce di novembre. Aveva vissuto a spese del padrone. Aveva scroccato la pietanza là dov'era apparecchiata, sopra gli strapiombi, nella neve in cui sprofondare fino all'anca, tra le rocce appuntite e i canaloni sfregati dalle frane.

Aveva seguito cervi, caprioli, stambecchi,

ma di più i camosci, le bestie più perfezionate alla corsa sopra i precipizi. In quella preferenza ammetteva la spinta dell'invidia. Si muoveva sulle pareti a quattro zampe senza un briciolo della loro grazia, senza il soprapensiero a testa alta del camoscio che lascia fare ai piedi. L'uomo poteva anche scalare difficoltà superiori, salire dritto dove loro aggirano, ma restava incapace della loro intesa con l'altezza. Loro ci vivevano dentro, lui era un ladro di passaggio.

Aveva visto i camosci saltare i precipizi in piena corsa, uno dietro l'altro eseguendo l'identica sequenza di passi nello slancio da una sponda all'altra. Il loro salto era un rammendo tra due bordi, un punto di sutura sopra il vuoto. C'entrava l'invidia per la superiorità della bestia, da cacciatore ammetteva la bassezza che inventa l'espediente, l'agguato da lontano. Senza certezza di inferiorità manca la spinta a mettersi all'altezza.

Diverso è il pescatore, che non invidia nessuna abilità del pesce, vuole invece sconfiggerle. È predatore che cattura in massa, non insegue un esemplare solo, tranne Achab in Moby Dick. Né carica la bestia sulle spalle. Il pescatore è opposto.

Da ragazzo era andato alla pesca di frodo con un anziano che se lo portava per facchino. Risalivano torrenti rissosi tra le rocce, c'era da arrampicarsi su bordi franosi, in gole assordate dallo scroscio. In alto verso le sorgenti si aprivano le pozze. In quelle l'anziano buttava mozziconi di esplosivo, innescati da una miccia corta. Era una varietà di dinamite, la cheddite, in uso alle cave di marmo. Trasudava gocce di glicerina da non scuotere, guai a cadere con quella roba addosso. Da ragazzi non si pensa a cadere, sono pensieri di età adulta. Il ragazzo portava l'esplosivo, l'adulto i detonatori. L'arte era di fare l'esplosione a pelo d'acqua, non più su, per non disperdere l'onda dell'urto. Il colpo scavava un buco nella pozza, che si richiudeva portando a galla tutte le trote in giro.

La prima volta era stato rimproverato: "Balordo, ci va la gerla per i pesci, che fa passare l'acqua, non il zaino". Dalle loro parti si usava dire il e non lo zaino.

Non era mestiere per lui svuotare i fiumi con la dinamite. Per molti anni non ci cresceva niente.

Il re dei camosci: sapeva bene a chi spettava il titolo. Quello vero era stato più bravo di lui, più forte e preciso. Lui era un re di camosci buono per gli uomini.

Quel giorno si appoggiava a un bastone di carpino per sopportare il passo. L'aria saliva tiepida, faceva galleggiare le ali ferme in alto, portava odore di uomo dritto nelle narici dei camosci. Doveva accostarli da sopra, salire più in alto di loro.

Le bestie lo avevano sentito, sapevano che c'era e sapevano pure di stare su un pascolo difficile da avvicinare allo scoperto. Se l'odore aumentava si sarebbero diradati in alto.

Ingrassavano per pareggiare l'inverno, ammucchiavano ai fianchi le calorie della resistenza. Il loro pelo si anneriva, lucido, imbottito, a novembre stavano al meglio dei sensi.

Il branco sapeva che in un giorno così il re non veniva in visita, non prima del buio. I maschi accennavano a misurare la loro forza senza arrivare alla temperatura di un duello. Uno di loro riuscì a montare di nascosto una femmina al primo calore. L'estro della camoscina imbizzarriva le loro narici. Sul loro dorso, vicino al collo una ghiandola sessuale mandava odore di mandorla.

L'uomo passò duecento metri d'aria sotto il branco. Non poteva vederlo, molti salti di roccia più in su. Nessun senso gli dava la certezza che c'era. Sono scarsi i sensi in dotazione alla specie dell'uomo. Li migliora con il riassunto della intelligenza. Il cervello dell'uomo è ruminante, rimastica le informazioni dei sensi, le combina in probabilità. L'uomo così è capace di premeditare il tempo, progettarlo. È pure la sua dannazione, perché dà la certezza di morire. Quel giorno di novembre l'uomo sapeva di rasentare il termine. Poteva essere l'ultima volta dietro al branco, oppure la penultima. L'uomo non sopporta la fine, dopo averla saputa si distrae, spera di avere sbagliato previsione.

Era giusto per lui finire sulle rocce, come un re dei camosci, un re minore. Sorrise, perché lo sapeva soffiare nell'armonica, il re minore.

Un rifugio del re dei camosci era sotto un mugo, scavato da lui stesso con le corna e le zampe. Era un'arte sconosciuta al branco, lui l'aveva imparata per nascondersi. La sua specie sapeva grattare la neve con gli zoccoli per cercare un po' di erba sbiadita. Lui aveva imparato a smuovere la terra.

Si era infilato sotto un mugo la prima volta per sfuggire all'odore di un uomo vicino. Quando era passato, aveva tolto dei sassi con le zampe e si era ricavato un buon riparo. Sotto il tetto di rami alzava il muso di notte verso l'alto del cielo, un ghiaione di sassi illuminati. A occhi larghi e respiro fumante fissava le costellazioni, in cui gli uomini stravedono figure di animali, l'aquila, l'orsa, lo scorpione, il toro.

Lui ci vedeva i frantumi staccati dai fulmini e i fiocchi di neve sopra il pelo nero di sua madre, il giorno che era fuggito da lei con la sorella, lontano dal suo corpo abbattuto.

D'estate le stelle cadevano a briciole, ardevano in volo spegnendosi sui prati. Allora andava da quelle cadute vicino, a leccarle. Il re assaggiava il sale delle stelle.

Teneva per sé le sue esperienze. Cresciuto senza un branco, non sapeva trasmettere. Poteva diffondere nella sua discendenza la forza e la taglia maggiore, nient'altro. La sua potenza proveniva da due cibi opposti: scavava e mordeva radici, e poi aveva imparato a mangiare il ciuffo di cima di larici e abeti. Lui cercava dove la sua specie non sapeva, sottoterra e in alto. I camosci mangiano quello che è a portata di muso, lui si era procurato altro. Il ciuffo di cima degli alberi: non era giraffa per raggiungerlo. Aveva imparato a seguire a distanza i boscaioli. Tagliavano la pianta, ripulivano il tronco dei rami laterali e lasciavano il ciuffo di cima. Serviva a questo: la sommità dell'albero sentiva la fine della linfa e succhiava tutta quella del tronco, che così seccava prima, asciugandosi in fretta.

Il re dei camosci andava a masticare il ciuffo di cima che conteneva il concentrato ultimo della vita dell'albero.

In ogni specie sono i solitari a tentare esperienze nuove. Sono una quota sperimentale che va alla deriva. Dietro di loro la traccia aperta si richiude.

Frequentava anche i boschi, staccava con le labbra i fiori viola che insieme a quelli gialli seducono le api. Amava il raponzolo di roccia che fiorisce sulle pareti a picco, facendosi bastare un'unghia di terriccio. Sopra il corno sinistro sventolavano a bandierina le ali di una farfalla bianca.

Mentre il giorno girava da est a sud il sangue del re scaldò le unghie degli zoccoli. Ne provò l'equilibrio sollevando nell'aria le anteriori, restando sulle zampe di dietro, posizione poco pratica per una bestia fornita di quattro appoggi.

La specie umana aveva liberato le mani, alzandosi sui piedi, ma aveva perso in velocità. Scalando ritornava alle quattro zampe, però da analfabeta. Il re dei camosci ripoggiò a terra le anteriori. La sua stanchezza dipendeva dal cuore non dalle quattro leve prodigiose. Uscì dalla tana nel mugo sentendo l'odore dell'uomo salire con le correnti ascensionali, odore dell'assassino di sua madre e dei suoi.

L'uomo girò intorno a mezza montagna, poi scalò una fessura che si allargava a spacco, da poterci star dentro con il corpo. Diventata larga quanto la bocca di un camino, il fiato nell'ombra usciva a vapore. Superò in scalata la quota del branco, proseguì in alto fino a un terrazzino. Da lì un sentiero stretto girava intorno alla parete. Lo percorse fino a scorgere in basso il pascolo dei camosci. Il suo odore se ne saliva in alto, lontano dalle loro mucose.

Il re non c'era. Mai poteva starci in un giorno di mira così facile. La parete era al sole, l'aria saliva dal basso con la spinta di un ascensore. Ali nere si facevano sollevare fino in cima.

L'uomo si stese sui sassi sopra il precipizio,

allungò il collo oltre il bordo, fiutò l'aria all'u-
so dei camosci.

Fu sorpreso di annusare l'aroma di mandorla delle ghiandole, tanto più in basso. I
sensi danno un ultimo acume nel tempo finale
della vita, una fiammata. Lo sapeva e aggiunse
la strana capacità del suo odorato alle stan-
chezze di quei giorni. Stava affannando, non
era solo sforzo, ma un principio di cedimento.
Steso sui sassi riprendeva il posto di supremazia, spiava senza essere visto. Sopra di lui si
perdevano le grida degli uccelli. Di certo non
avvisavano i camosci dell'intruso. Gli uccelli
sopra di lui stavano dalla parte della caccia.

La canna del fucile aveva raccolto fili di ragnatele nei passaggi. Li lasciò stare, erano
buon augurio, opera del più grande cacciatore
del mondo, che disegna trappole nell'aria per
catturare ali. Il ragno era un collega. Nella sua
stanza c'erano stesi i fili delle ragnatele intorno alla finestra. Al sole luccicavano per impi-
gliare i voli. I ragni fissano reti con un centro e
aspettano. Le prede vanno a loro. L'uomo do
veva scalare per andare al centro delle prede.
Il ragno era il più bravo cacciatore. Nella sua
posizione ancora all'ombra, l'uomo vedeva

luccicare al vento un filo di ragnatela fissata sulla canna del fucile.

Andò a posarsi lì una farfalla bianca. La scacciò con una mossa lieve, per toglierla senza toccarla. Il suo volo spezzettato, ad angoli, era l'opposto della palla di piombo caricata nel buio della canna lucente, con la sua linea dritta al bersaglio grosso. Una farfalla sopra un fucile lo prende in giro. La sua mira è derisa dal volo spezzettato che dovunque cade, porta con sé il centro raggiunto. Dove si posa la farfalla, è il centro. L'uomo la scostò con una mossa lenta e un soffio di via.

La sua vista non aveva bisogno di occhiali. Se la sciacquava a un torrente che era tiepido anche in inverno, non gelava alla fonte, ma più in basso. Beveva i sorsi e abbeverava pure gli occhi. I denti erano tutti suoi. Scrutò lontano, vide il villaggio a valle e credette di ascoltare un tocco di campana. Era integro ancora, ma i sensi affilati denunciavano un crollo. Sorrise, aveva preso per il pomeriggio appuntamento con la donna che lo aveva convinto. Le aveva permesso di raggiungerlo nella sua stanza sul bordo del bosco. Era anche quello un segno di una crepa.

Considerato l'ultimo bracconiere, la sua reputazione era cresciuta mentre si ritiravano gli altri, anziani e no. I guardacaccia non la potevano spuntare con lui. Andava dove loro non si arrischiavano.

La montagna nasconde, ha vicoli, soffitte, sotterranei, come la città dei suoi anni violenti, ma più segreta. Aveva nascondigli sparsi, depositi con fucili e cartucce, ripari e bivacchi invisibili. Usciva di casa con l'arma dichiarata, raggiungeva uno dei suoi posti, lì cambiava arma e partiva per la battuta.

A un bracconiere prima o poi un inciampo arriva, gli tocca un processo, a lui no. L'alpinismo gli era servito a migliorare le sue vie di fuga. Saliva per disperdere le tracce, un alpinismo opposto a quello degli scalatori che lasciano segnali di passaggio, pietre ammucchiate a segnavia, chiodi in parete, in cima le croci. Non capiva le croci: senza il crocifisso erano una firma di un analfabeta, in fondo a un atto della geografia. Sulla punta Miara del gruppo del Sella c'è invece appeso un Cristo in legno di tre metri. Esposto alle materie, ferma a braccia aperte, come una diga, il tempo, che non precipiti a valle tutt'insieme.

31

Conosceva il suo territorio meglio di qualunque altro esemplare animale. L'uomo è dotato per la geografia, è la misura che impara meglio pure senza scuola.

Un tempo aveva diviso la montagna con un orso. Si incontravano spesso e si fermavano a distanza di passi. L'orso fiutava l'uomo, l'uomo guardava in terra, di lato, in alto. Poi si separavano. L'orso mangiava le viscere delle bestie abbattute da lui. Era buono da vendere anche l'orso e la sua pelliccia, ma non si ammazza un esemplare unico. La bestia era poi morta di vecchiaia, ne aveva trovato la carcassa in un bosco del versante nord e l'aveva sepolta.

Incontrava anche l'aquila, che si abbassa a recuperare il piccolo di camoscio fatto precipitare. L'aquila disturbata si rialza in volo, lenta al decollo. Non sparava a quella meraviglia di creatura. Da giovane era sceso a rubare un aquilotto nel nido, a valle lo pagavano bene. Il nido non sta sulle cime, l'aquila non è scema, lo fa a metà parete. Va a cacciare più in su, così porta in discesa la preda catturata. Che potenza le zampe: divarica con quelle il petto del camoscio e lo squarcia per mangiare il cuore.

È novembre, l'uomo sente calare la saracinesca dell'inverno. Nelle notti che il vento strap-
pa dalle radici gli alberi più esposti, la pietra e il
legno della capanna si sfregano tra loro e man-
dano una nenia. Il fuoco schiocca baci di con-
forto. L'aspro di fuori dà spallate, ma la fiamma
accesa tiene insieme legno e pietra. Finché bril-
la nel buio, la stanza è una fortezza. E c'è pure
l'armonica per dare sulla voce alla tempesta.

D'inverno l'uomo intaglia qualche manico
per bastoni di ciliegio, che cresce selvatico in
fondo alla vallata. D'estate li va a vendere in
paese. Incide sull'impugnatura una testa di
cavallo, un fungo, una stella alpina. La scor-
tecciatura del ciliegio odora la stanza di forno
spento.

Quando la tempesta smette, lascia la neve
accovacciata a chioccia sopra la capanna. La
pendola con la voce del cuculo di legno batte
i colpi di un pulcino dentro l'uovo. Il cuculo
di legno ha la voce di maggio, quella spaesata
di un profeta nella città in baldoria.

L'uomo d'inverno deve solo resistere nel
guscio. Pensa: nessuna geometria ha ricavato
la formula dell'uovo. Per il cerchio, la sfera c'è
il pigreco, ma per la figura perfetta della vita
non c'è quadratura. Nei mesi con il bianco ad-

dosso e intorno, l'uomo diventa visionario. Con il sole nelle palpebre abbagliate la neve si trasforma in frantumi di vetro. Il corpo e l'ombra disegnano l'articolo il. L'uomo sulla montagna è una sillaba nel vocabolario.

Nelle notti di luna il vento muove il bianco e manda le oche sulla neve, un vecchio modo per dire che fuori passeggiano i fantasmi. Li conosce, alla sua età gli assenti sono più numerosi dei rimasti. Alla finestra guarda passare il loro bianco di oca sulla neve notturna.

È novembre, davanti a lui l'inverno da venire, immenso da ospitare. Ha avuto il pensiero di scendere a valle quest'anno, svernare in paese. È la prima volta che sbuca, tra i passi in salita, il pensiero. L'uomo dà un calcio a una piccola pigna di mugo. Senza di lui la capanna crollerebbe di malinconia.

L'uomo racconta poco. Questo spinge gli altri a completare, ingrandendo i dettagli. Una giornalista si era incaponita nell'idea di seguirlo, di spiarlo. Aveva pagato una guida alpina per farsi condurre sulle sue tracce. L'uomo se li scrollava dai passi facilmente. Dove loro erano costretti a legarsi in cordata, lui saliva in li-

bera, veloce. Allora la giornalista si era dichiarata, avvicinandolo al villaggio dove si riforni-
va. Gli aveva offerto un compenso. Erano i
mesi estivi. L'uomo era stato a sentirla, poi le
aveva risposto: "Ci penserò".

Era disabituato a stare davanti a una donna, gli veniva fastidio al naso per l'odore pro-
fumato con cui le donne marcano l'aria. Gli si
erano mossi umori nella pancia.

Un uomo che non frequenta donne dimentica che hanno di superiore la volontà. Un uomo non arriva a volere quanto una donna, si
distrae, s'interrompe, una donna no. Davanti
a lei si trovava incalzato. Se era un guardacaccia se la sbrigava. Ma una donna è quel filo di
ragno steso in un passaggio, che si attacca ai
panni e si fa portare. Gli aveva messo addosso
i suoi pensieri e non se li scrollava.

Un uomo che non frequenta donne è un
uomo senza. Non è un uomo e basta, nient'altro da aggiungere. È un uomo senza. Può di-
menticarselo, ma quando si ritrova davanti, lo
sa di nuovo.

"Ci penserò." Era vero, pensava alla donna, alla sua volontà di cavargli una storia, a lui

che all'osteria stava a sentire quelle degli altri e alla domanda "E tu?" rispondeva alzando il bicchiere alla salute dei presenti, per inghiottire la risposta. Se insistevano, tirava di tasca la sua armonica a bocca e ci soffiava dentro la musica. Non poteva aggiungere la sua storia alle loro. Di ogni cosa narrata dagli altri, lui aveva fatto peggio. Rischi, disavventure, spietatezze, dai racconti degli altri sapeva di essere il peggiore. Alla donna non poteva rispondere col fiato nell'armonica. Ci pensava.

A sessant'anni il suo corpo era accordato bene, compatto come un pugno. E la donna com'era? Come la mano aperta al gioco della morra cinese, la mano che vince perché si fa carta intorno al sasso e lo avvolge. La donna era la carta in cui finiva chiusa la sua storia. E la terza figura della morra, la forbice? Quella era il camoscio, con le sue corna avrebbe vinto la carta, chissà come.

Ci pensava e rimandava. In quell'autunno si accorse della stanchezza in petto e nelle gambe. Si decise a dirle che era pronto. Si accordarono in paese, lei sarebbe salita alla sua stanza a quota 1900 dove il bosco si dirada prima di smettere. Lì tra le sue cose mute avrebbe provato a rispondere.

La donna controllò col freno in faccia la soddisfazione per la breccia aperta e gli strinse la mano, per accordo. Non era carta il contatto con le dita e il palmo. Era la spudorata intimità mascherata da mossa di saluto. Toccare la mano di una donna, per un uomo senza, è un salto nel sangue. Non ci si dovrebbe toccare, donna e uomo, facendo finta che è tutt'altro. La mossa della donna, era stata lei a cercargli la mano, scavalcò il confine dei corpi, già scambio di amanti per lui.

Si guardò la mano e la mise in tasca insieme all'altra. Si erano accordati, lei sarebbe venuta senza registratore. Sulla via di ritorno strofinò la mano sopra un larice, non per cancellare, invece per conservare sotto resina il contatto. Era per il giorno seguente, al ritorno dal suo giro tra i monti. Era l'ultimo passo dell'autunno, poi sarebbe venuta la neve e il suo magnifico silenzio. Non ce n'è un altro che valga il nome di silenzio, oltre quello della neve sul tetto e sulla terra.

Un ciottolo di fiume gli serve a frantumare la forma rotonda del pane di segala, lo sbriciola nel latte. Con una fetta di formaggio è la cena.

L'inverno è una ganascia intorno alla capanna, a uscire affonda i passi sopra le cime degli alberi. Si va a rifornire di formaggio e latte all'ultimo maso rimasto in quota. C'è da attraversare due canaloni esposti ai carichi di neve pronti al crollo. Ci va di notte, quando il freddo stringe il nodo alle valanghe.

Scende in paese quando rasserena, una volta al mese per caricare lo zaino di patate, cipolle, riso, lenticchie. Fa il giro dei saluti, ascolta i soliti discorsi, i progetti della strada, della teleferica: andrà meglio, e che ne pensi, e non se ne farà niente. Intanto sente se è morto qualcuno e c'è da fare visita.

Aspetta l'uscita dei bambini dalla scuola, il nuovo mondo, le voci continueranno quando la sua armonica sarà ammutolita. La vita senza di lui è già in cammino. Risale che è buio alla capanna, lasciando la traccia dei ramponi sul lastrico del ghiaccio. Il bastone di ciliegio ha una punta di ferro per assaggiare il cammino, fa il suono compagno dei passi di un cieco.

Si era pentito di qualcosa, una volta? Quel mattino andava e si allungava a indovinare una domanda della donna. No, e poi non si ripara niente dopo il danno. Si può solo rinunciare a rifarlo. Gli era capitato con gli stambecchi, un tempo ne cacciava. Gli piaceva il carattere di quelle bestie, più affettuoso di quello dei camosci. Nel branco gli stambecchi si scambiano carezze, strusciamenti, si puliscono il pelo tra di loro. Tra figlio e madre c'è un vincolo per la vita e per la morte.

Aveva smesso di cacciare stambecchi, era successo questo. Aveva sparato a un esemplare nella nebbia senza accorgersi che era femmina e senza vedere il piccolo vicino. La bestia colpita sul ripido aveva cercato di tenersi aggrappata alla roccia piantando zampe incerte, poi era caduta indietro, un salto in giù di buoni venti metri. Il piccolo senza incertezza era saltato nel vuoto della nebbia dietro la madre, ricadendo in piedi. La madre era rotolata di nuovo e precipitata, un salto anche più grande e il piccolo le era ancora volato dietro.

Quando l'uomo raggiunse l'animale ucciso il piccolo era lì, un po' storto sulle zampe, gli occhi grandi calmi desolati.

Non se l'era sentita di sventrare la bestia lì sul posto davanti al cucciolo, di scaricare a terra i chili delle viscere per risparmiarsi il peso, se l'era caricata intera sulle spalle.

Fu allora che decise il suo titolo di ladro di bestiame, sotto gli occhi del padrone di tutto, grandi calmi desolati. Bisogna guardare in quel paio per sapere di essere stati pesati. Decise che con gli stambecchi la sua caccia era chiusa. Si prendono lezioni dalle bestie. Non servono a riparare niente, solo a smettere. Non era pentito, non poteva risarcire il torto, poteva rinunciare. I debiti si pagano alla fine, una volta per tutte.

Agli uomini aveva dato il peso giusto. Ripensò al peggio commesso e concluse per una volta ancora: andava fatto. Tornava sul suo peggio per tenerlo fresco, non farlo seccare. Un uomo è quello che ha commesso. Se dimentica è un bicchiere messo alla rovescia, un vuoto chiuso.

Non se ne pentiva, perché non poteva giurarsi mai più. Con gli stambecchi sì, stava certo che non avrebbe più sparato a loro. Con gli uomini il peggio era possibile di nuovo.

Invecchiare e non stringere il passo, non appoggiarsi a un albero, a una spalla. Tagliare la stessa quantità di legna da un autunno all'altro. Aveva pronta la catasta ammucchiata nell'anno precedente, stagionata. Aveva tagliato quella fresca da lasciare stare.

La fatica di abitare in cima al bosco è che il taglio va portato in su. Gliene servivano settanta quintali, tagliati, squadrati, caricati in gerla e trasportati in su. Quell'ottobre aveva fatto più viaggi per alleggerire il peso della schiena. L'anno venturo pensava di cominciare già in settembre la provvista. I vecchi devono allungare i tempi di lavoro, mentre le giornate si accorciano insieme alle forze.

Gli era venuto l'affanno in quel taglio di ottobre. Si stendeva spesso a guardare in su lo scompiglio infantile delle nuvole. Gli veniva il pensiero che la materia intorno era composta di vita precedente e scaduta. Nelle nuvole c'era il fiato umido delle bestie che aveva abbattuto e di antenati di uomini. Il suolo che lo reggeva era concimato con la loro polvere e la loro cenere.

Quando un uomo si ferma a guardare le nuvole, vede scorrere il tempo oltre di lui, un vento che scavalca. Allora c'è da rimettersi in piedi e riacciuffarlo. Si rialzava al lavoro, ripuliva i tronchi dei rami laterali, lasciando il ciuffo di cima. Al termine del taglio era sfinito. L'ultima gerla urtò contro un rametto, lo spezzò e bastò quel po' di peso in più per farlo vacillare e inginocchiarsi a terra.

A casa col primo fuoco acceso riprendeva la forza e la pazienza di portare il giorno a finitura. La sera perfeziona l'opera grezza cominciata al risveglio, a cielo ancora buio. La sera smussa, dà l'ultima mano di cartavetra fina al giorno fatto a mano.

La sua vita a spasso di stagioni era andata col mondo. Se l'era guadagnata molte volte, ma non era roba sua. Era da restituire, sgualcita dopo averla usata. Che creditore di manica larga era quello che gliela aveva prestata fresca e se la riprendeva usata, da buttare.

Gli serviva credere che c'era un capomastro e che il mondo era il suo manufatto? Non serviva per parlargli, per crederlo in ascolto, però era un pensiero che teneva compagnia. Un padrone di tutto se c'era, non avrebbe permesso il guasto della sua roba, non l'avrebbe lasciata alla malora in mano alla specie degli uomini. Un padrone se c'era, s'era ubriacato e aveva perso la via di casa. Meglio se non c'era. L'uomo prosperava in sua assenza. Aveva imparato il bene e il male servendosi da solo. Era impossibile un padrone di tutto, però quell'impossibile teneva compagnia. Gli piaceva dire di fronte al cielo che calava in terra per la sera, un grazie al capomastro.

Erano pensieri buoni davanti al fuoco per andare insieme alle chiacchiere del legno che si disfa nelle fiamme e scaldano il sangue. Faceva salire il tepore dai piedi scalzi, che avevano diritto di precedenza. Il fuoco faceva col legno il girotondo schizzando faville sulle lastre di pietra della stanza.

L'orologio a cucù sopra il camino gli ricordava la voce della primavera: ce n'era di tempo da aspettare prima che tornava la voce del cuculo vero. Però quello fasullo di ogni ora imitava bene quello nascosto in braccio ai larici. Fuori una gronda incanalava l'acqua da una cascatella in una vasca di pietra accanto all'uscio, poi traboccava via. Aveva fretta di andarsene l'acqua, non teneva compagnia. Si cucinò formaggio fuso, una fetta di pane secco rianimato dal fuoco e vuotò una piccola caraffa. Poi soffiò nell'armonica la fine del giorno.

Nel successivo avrebbe incontrato la donna e la sua volontà. Ma prima sarebbe salito a puntare una bestia. Non una femmina, anche se più leggera, a fine novembre sono gravide. Ne aveva abbattuta una molti anni prima, con due piccoli svezzati e si era meravigliato. Partoriscono un figlio solo e lui aveva ucciso la madre di due.

Il re dei camosci aveva imparato a non temere i fulmini. La sua specie se ne ripara quando sulla montagna cala a saracinesca la tempesta. Allora i fulmini azzannano la roccia e le lasciano il bianco del morso. Il suo gruppo si riparava sotto una sporgenza, il re no. Sapeva che il fulmine segue in discesa la montagna e s'infila pure nell'asciutto di grotte e cavità. Aveva visto greggi di pecore folgorate così tutte insieme. Il posto sicuro è all'aperto, lontano da alberi e ripari. Si metteva così, lasciandosi scrosciare il cielo addosso. Nel gonfio della burrasca ruminava meglio il suo cibo preferito, i germogli di mugo e di ginepro.

Il re sapeva che il fulmine avvisa. Prima di abbattersi prepara un campo elettrico in un'area del suolo, lì passa prima una corrente che fa vibrare l'aria e fa il rumore dei calabroni in volo. Il pelo si rizza da solo, vuol dire che si sta nel campo della folgore. Il re aspettava la frizione dell'aria elettrica sul corpo, l'odore di metallo pizzicare secco nelle narici, allora si spostava per uscire dall'area di bersaglio. Non subito: lo struscio dell'elettricità sulla pelliccia faceva schizzare via le pulci. Si spostava in tempo verso l'alto. Il fulmine si schiantava sotto di lui alzando un fumo di incudine e di forgia.

Al re piaceva quando la montagna se ne sta in abbraccio stretto col temporale e il vento. L'aquila non vola e l'uomo non sale. La tempesta cancella le tracce dei camosci, porta via il loro odore, invergina la terra. Il re stava all'aperto fino all'ultimo scroscio.

Se il fulmine appiccava incendio al bosco, scendeva incontro. Prima di bruciare alcuni alberi fanno schizzare al vento i loro semi per ultima consegna di fertilità. Andava a quelli, incrociando in discesa i caprioli e i cervi che salivano alla cieca scivolando sulle rocce zuppe. Lontano a valle l'acqua precipitata dalle nuvole si tuffava a spintoni con i sassi e i tronchi. Era la coda di arcobaleno del temporale in fuga. Sul suo corno sinistro ritornava una farfalla bianca.

Esiste in scrittura sacra la formula: vestito di vento di Elohìm. Riguarda un uomo raggiunto da una profezia da trasmettere. Nessuno tranne lui sa di che vestito si tratta. Il re dei camosci era vestito di vento. Nella tempesta si faceva avvolgere dalle raffiche, erano il suo mantello. Il pelo brillava gonfio allo schianto dei lampi, il re chiudeva gli occhi e si faceva stringere dall'aria scatenata. Era al sicuro là dove tutte le altre creature avvertono minaccia. Era in alleanza con il vento, il cuore gli batteva leggero caricandosi dell'energia scagliata dal cielo sulla terra.

Quel giorno di novembre e di stanchezza il re fiutò la neve prossima, dietro la curva breve del giorno di sole. Fiutò la neve amica che avrebbe fatto acciambellare la sua specie nelle tane di ghiaccio. Il sole faceva il suo giro di congedo sui pascoli alti, il branco dei camosci era nervoso. Aveva fiutato l'uomo e poi l'aveva perso. I maschi non brucavano, scattavano in corse brevi per scippare all'aria ferma qualche odore. Soffiavano il loro fiato compresso come un fischio. Accennavano a brevi sfide interrotte, senza vittoria, che non spettava a loro.

In ottobre e novembre i maschi si accostano alle femmine e si battono per stabilire una classifica. I maschi finiscono indeboliti dal fermento di scontri, perdendo grasso buono per reggere l'inverno violento delle cime. Nel gruppo del re non c'erano duelli, i maschi adulti aspettavano che il re finisse di coprire tutte le femmine, poi toccava a loro. Uno avrebbe preso il suo posto, sapevano che era l'ultima stagione di supremazia del loro signore. Il re da qualche parte sorvegliava. Più in su del branco l'uomo steso sui sassi aspettava con il fucile a fianco la salita a tiro. Puntava al maschio maggiore per il trofeo del ciuffo e delle corna. La carne della bestia in calore era immangiabile.

L'uomo aveva assistito a duelli di camosci di altri branchi. Ammirava la loro lealtà, mai due contro uno. Lui portava nel fianco il taglio di un coltello traditore, colpo sferrato da uno del mucchio che lo aveva aggredito. Gli uomini hanno inventato i minuziosi codici ma appena c'è occasione si azzannano senza legge. La camicia l'aveva ricucita, il taglio era stato rammendato da un infermiere, senza passare in un ospedale. Erano tempi senza giustizia. Ne praticavano una da dimostrare giorno su giorno, tra gli agguati subiti e quelli resi.

"Occhi di falce", aveva sentito rivolgere a una donna questo complimento. Era l'acciaio tirato a lucido dall'affilatura, di quella materia erano gli occhi della donna. Lei sapeva l'attrazione innescata in un uomo dal suo corpo. Chissà quanti si erano messi in fila per ottenere di essere guardati, quanti si erano inorgogliti per il traguardo dei suoi occhi. Della gioventù scossa, l'uomo ricordava il goffo degli uomini quando cercano di farsi notare da una donna. L'azzardo in una mischia poteva servire a una reputazione, la voce forte, la battuta dura potevano risaltare in una tavolata. Davanti alle donne usciva ai maschi il gonfiore di petto del piccione. Gli uomini sbandavano davanti alle donne tra elemosina e sbruffoneria.

Lui si rattrappiva per opporsi all'esibizione. Gli erano capitate allora donne che l'avevano voluto, preso come un sasso da terra. Sì, qualche volta era stato raccolto. Poi c'era stato lo sbando dei ranghi, la montagna, la stanza in cima al bosco dove nessuna era salita.

A quella che arrivava da lui per ultima aveva visto fare la mossa di sbattere i capelli lisci in fuori, oltre le spalle. Somigliava alla scossa di fastidio che allontana e somigliava pure al richiamo di essere toccata sui capelli. Le donne fanno mosse di conchiglia, che si apre sia per buttare fuori che per risucchiare all'interno.

Nell'incontro al villaggio lui aveva evitato gli occhi, la faccia. Era restato a tenersi le mani in treccia e a guardarci sopra. La donna vedeva che lui si negava l'attrazione. Non sapeva se gli veniva facile o pesante. Era una resistenza da non forzare con la seduzione. "Le dà fastidio il mio profumo?" "Risponderò alle sue domande in una volta sola, adesso no." Lo disse cercando di non essere scostante, a voce bassa che la donna stentò a capire. L'uomo vide che lei non aveva sentito bene e vide pure che non chiedeva "Come?". Il "Come? Come ha detto?" lo avrebbe respinto indietro e l'avrebbe lasciata lì.

La donna restò perplessa il tempo di assaggiare un sorso, una mossa che le venne bene.

Restò a guardarlo poi le venne da dire: "Lei ha la faccia di una scarpa di cuoio che ha camminato a lungo e si è adattata al piede come un guanto".

Lui non reagì, però gli venne da inghiottire saliva. Poteva nascondere bevendoci sopra un sorso, ma non volle e inghiottì senza. Tirò via gli occhi dalle mani e guardò la finestra dietro le spalle della donna. Una cannuccia d'acqua si buttava giù da una roccia lontana, una riga bianca su pagina nera, il suo rumore non arrivava a loro.

La donna si voltò a guardare anche lei il punto fissato da lui. Così gli offrì la nuca, il panno di capelli sciolti caduti lisci sulla schiena saltando la curva del collo. Come il volo dell'acqua sulla roccia, venivano giù senza rumore.

La donna tornò a girarsi a lui, una torsione a sinistra a svitare. "Guardava l'acqua?" L'uomo strinse un po' gli occhi, le rughe ai lati, accenno di sorriso. Le aveva risposto. Nella tenuta della sua tensione quella era una scalfittura.

Non gli era capitato di sposarsi. Al pensiero vedeva un piccolo se stesso di marzapane, vestito in bianco e nero in cima a una torta nuziale.

Districò le dita, raggiunse il bicchiere. Nel petto gli salì lo stesso affanno del taglio di ottobre.

Ci sono carezze che aggiunte sopra un carico lo fanno vacillare. Bevve un sorso e lasciò la mano intorno al bicchiere. Se a quel punto la donna gliela sfiorava, la sua tenuta, il carico e la gerla, sarebbe crollata. Non ci fu. Il fiato ritornò al suo passo, finì il bicchiere, ritirò la mano e si alzò. Pagò il suo vino, non quello della donna, se no l'oste ne avrebbe parlato per l'inverno. In un villaggio bisogna saperci stare. In un posto dove ci si saluta tutti chiamandosi per nome, ci sono usanze sconosciute alla città.

Si era addormentato. Steso sui sassi a pancia in giù, il fucile a sinistra, la testa sopra il braccio, aveva chiuso gli occhi mentre guardava una nuvola piccola spuntare nera da una montagna dirimpetto, a ovest. Una macchia d'inchiostro non di più, ma era l'avviso che veniva il cambio. Gli era finita dentro la pupilla mentre la guardava e si era addormentato. Il sonno dentro gli occhi è una macchia d'inchiostro che si allarga.

La prima notizia sulla mano destra un bambino la prende dal segno della croce. Impara a farlo con la mano giusta e da quello sa che è la destra. In montagna è importante saperlo presto.

L'uomo sa usare le due mani alla pari. Da piccolo aveva imparato a fare il segno della croce con la mano sinistra. Dipende dal fatto che i bambini imparano a specchio. La destra del prete che aveva di fronte corrispondeva alla sua sinistra. Morì il vecchio e salì al paese un prete giovane. Riuscì a correggere l'errore segnandosi davanti ai bambini con la mano sinistra. Così lui imparò a usare due mani alla pari. Alle biforcazioni dei sentieri si orientava chiamando "prima mano" la sinistra, e l'altra "la seconda mano". Sparava con tutte e due.

Il re dei camosci era più in su di lui. Aveva nel naso l'odore dell'uomo e del suo olio disgustoso, da soffiare per non guastarsi l'aria. Era un giorno perfetto, di nitido confine tra un tempo scaduto e uno sconosciuto. La stanchezza del corpo si accoppiava al congedo dalla stagione buona. La neve avanzava da occidente, invisibile ancora e si mischiava con il buon odore delle femmine in estro, che lui aveva coperto per obbedire alla fertilità. S'impennava sul loro dorso per rispondere al loro richiamo, faceva la loro volontà di rinnovare vita e specie, covando nascite nel loro grembo, il punto più salvo e caldo dell'inverno.

Coperte una per una le femmine in calore, permetteva lo sfogo di altri maschi. Ma una camoscina andata ultima in estro gli era stata scippata da un figlio. Era una spinta che buttava giù dal trono prima del tempo, un oltraggio da duello. Il re era stanco di correre e saltare dietro un figlio adulto malandrino. Era l'ultima stagione della vita, il suo regno durato l'enormità di venti anni era finito.

Anche per l'uomo il tempo della caccia era da smettere. In natura non esiste la tristezza, l'uomo scacciava la sua col pensiero che il re dei camosci stava anche lui morendo da qualche parte senza un fiato di tristezza, con la fierezza intatta. L'uomo cercava di essere capace. Sarebbe morto anche lui di fame e freddo un inverno senza riuscire ad accendersi il fuoco. Era una buona fine per i solitari, una fine da candela.

Il re dei camosci seppe improvvisamente che era quello il giorno. Le bestie stanno nel presente come vino in bottiglia, pronto a uscire. Le bestie sanno il tempo in tempo, quando serve saperlo. Pensarci prima è rovina di uomini e non prepara alla prontezza.

Guardò in su per un saluto all'aria e si mosse in discesa. Calpestò il precipizio con i cuscinetti delle zampe senza spostare un sassolino. L'unghia divisa tra il dito terzo e il quarto si apriva e si adattava ai pochi centimetri di appoggio. Non era una discesa ma un arpeggio. Arrivò dieci metri sopra l'uomo steso sotto di lui, con il fucile a fianco.

Intanto si era svegliato e guardava in basso dove il branco abbassava il muso sul pascolo. Il re dei camosci restò fermo impettito sopra il vuoto, la farfalla bianca in punta al suo corno sinistro. Uno stormo di ali nere si abbassò dalla cima senza un grido. Il re respirò calmo tra collera e disgusto per l'assassino di sua madre e dei suoi.

L'uomo sapeva prevedere, incrociare il futuro combinando i sensi con le ipotesi, il gioco preferito. Ma del presente l'uomo non capisce niente. Il presente era il re sopra di lui.

L'uomo era una schiena facile da calpestare. Saltandoci sopra lo poteva scaraventare in basso. Il re pesava quanto l'uomo, mai se n'era visto uno di taglia simile. Si alzò il ciuffo di schiena in segno di battaglia. Scosse il corno nell'aria per liberare la farfalla, picchiò l'unghia dello zoccolo sopra la roccia, rumore perché l'uomo si voltasse. Non lo voleva di schiena ma di fronte.

L'uomo si girò a serpe verso il fucile in tempo per vedere il re dei camosci che gli veniva addosso a precipizio con due balzi in discesa. Era forza, furia e grazia scatenata. Uno strepito di grida e una folla di ali chiamò per la montagna. Gli zoccoli anteriori sfiorarono il collo dell'uomo, i posteriori fecero volare via il cappello. Il re gli era saltato addosso sfiorandolo senza un graffio e volava in basso verso il branco che aveva rizzato orecchie e musi.

Era il vento vestito di zampe e di corna, era il vento che sposta le nuvole e spazza le stelle. Fosse stato in piedi, l'uomo si sarebbe buttato a terra per tenersi, ma già sdraiato non poteva servirgli di afferrarsi ai sassi. Se gli cadeva sul petto l'avrebbe sfondato con le zampe e trascinato giù. Il re gli era saltato sopra senza toccarlo, gli aveva tolto il fiato e il sole il tempo di sentirsi perduto e ritrovarsi illeso.

Volò giù in picchiata, le unghie strepitavano sui sassi schizzando scintille mentre l'uomo imbracciava l'arma con la spalla sinistra e lo seguiva dalla tacca di mira. Scrosciavano piccole valanghe al seguito del re, uno strascico bianco.

Con l'occhio aperto lo vedeva schizzare imprendibile, già fuori di tiro. Il re lo aveva vinto un'altra volta. Il branco vedeva correre a valanga verso di loro in pieno giorno, al sole il loro re. Non potevano accorgersi dell'uomo Ogni camoscio si fermò dov'era a guardare la novità speciale del loro signore delle tempeste, uscito allo scoperto incontro a loro. Il re non li raggiunse. Si fermò all'improvviso, s'impennò sulle zampe davanti e tornò indietro. Scalò un sasso appuntito, piantato su uno sfasciume di rocce appese al vuoto. E restò lì.

Era il giorno perfetto, non si sarebbe più battuto contro nessuno dei suoi figli e non doveva aspettare l'inverno per morire.

Aspettò lì fermo impettito la palla da undici grammi che gli passò dall'alto in basso il cuore. Morì prima di sentire il fragore dello sparo, una martellata contro la lamiera del cielo. Cadde dalla cima del sasso e rotolò verso i camosci. Qui l'uomo vide una cosa che mai era stata vista. Il branco non si disperse in fuga, lentamente fece la mossa opposta. Le femmine prima, poi i maschi, poi i nati in primavera salirono verso di lui, incontro al re abbattuto. Uno per uno chinarono il muso su di lui, senza un pensiero per l'uomo in agguato. Toccarono con le corna, una spinta leggera, il dorso fulvo e ispessito del padre di tutti loro. Le femmine appoggiarono due colpi, i piccoli sfregarono timidi i loro primi centimetri sul mantello invernale, già scuro, del loro patriarca.

Niente era più importante per loro di quel

saluto, l'onore al più magnifico camoscio mai esistito. L'uomo guardava, l'arma ancora in spalla, il corpo sui gomiti. Abbassò il fucile. La bestia lo aveva risparmiato, lui no. Niente aveva capito di quel presente che era già perduto. In quel punto finì anche per lui la caccia, non avrebbe sparato ad altre bestie.

Il presente è la sola conoscenza che serve. L'uomo non ci sa stare nel presente. Si alzò e scese lentamente alla bestia uccisa. Bassa sopra di lui aspettava una schiera di ali mentre da occidente veniva incontro il fronte della neve, preceduto da una macchia di nuvola nera.

L'uomo arrivò sul re, il branco era ancora vicino, a guardare. La più aspettata vittoria era gemella uguale di una sconfitta mai conosciuta prima. Disprezzò l'istinto che gli aveva allineato il tiro. Gli venne uno sputo in gola e un'acqua al naso, mentre gli occhi si erano appannati. Ladro di vita indomita, sovrana, lasciata incustodita sotto il sole dal padrone di tutto: a meno che la custodia non toccava proprio a lui che si faceva ladro. Toccava a lui difendere. Contò gli anelli delle corna, gli anni accumulati a cerchio. Valevano più dei suoi, aveva ucciso un vecchio. Una fitta alla spalla sinistra accusava il rinculo.

Era in ginocchio sopra il re dei camosci che guardava lontano oltre di lui, occhi abituati al cielo. L'uomo si voltò a guardare in quella direzione, vide solo ali nere in attesa del pasto delle viscere. Obbedì a quelle, si scorciò le maniche e con il coltello aprì il ventre del camoscio. Scavò dentro la tana della vita e la sparse che svaporava calda, per ultimo il cuore. La mossa ripetuta centinaia di volte insanguinò il braccio fino al gomito. Decise di non lasciarlo lì, prendendo solo il ciuffo di schiena e le corna. Anche se quella carne era inservibile, non la volle lasciare allo scempio delle ali nere. A loro spettavano le viscere. Il re dei camosci non doveva finire con gli occhi beccati dai gracchi. Decise di caricarselo e portarlo via da qualche parte, per seppellirlo, dopo avergli preso il trofeo. Non avrebbe sparato più. Sapeva adesso cosa raccontare alla donna.

Provò a sollevare la bestia, mai una così pesante. In ginocchio strinse prima le due posteriori poggiandole su una spalla, poi cercò di buttarsi il resto del corpo sulla schiena. Ci vollero due colpi violenti per assestare la bestia sulle spalle, le zampe a pendere sul petto.

Prese il fucile e s'incamminò in discesa a passi corti con il fiato schiacciato. Il branco assisteva immobile, gli uccelli in volo stavano ad ali ferme. Svoltò e non fu più in vista, tra le rocce e i mughi. La testa magnifica del re pendeva da una sua spalla e dondolava.

Una campana suonò tra i suoi passi pesanti, quella di mezzogiorno, ma si persero in aria dei rintocchi. Si fermò, affannava. Restò in piedi per vedere se riusciva a prendere fiato o se doveva posare la bestia per riavere forza. C'era da raggiungere un nevaio a nord, dove il camoscio si sarebbe conservato bene. Poi sarebbe salito con una pala per scavargli una fossa.

Rimase in piedi con la bestia addosso a sentire se il corpo ce la faceva. Una farfalla bianca gli volò incontro e intorno. Ballò davanti agli occhi dell'uomo e le palpebre gli vennero pesanti. Le gerle piene di legna, le bestie portate sulle spalle, gli appigli tenuti con l'ultima falange delle dita: il carico degli anni selvatici gli portò il conto sopra le ali di una farfalla bianca. Guardò il volo spezzato che gli girava intorno. Dalla spalla pendeva la testa rovesciata del camoscio. Il volo andò a posarsi sopra il corno sinistro. Stavolta non poté scacciarla. Fu la piuma aggiunta al carico degli anni, quella che lo sfascia. S'incupì il respiro, le gambe s'indurirono, il battito di ali e il battito del sangue si fermarono insieme. Il peso della farfalla gli era finito sopra il cuore, vuoto come un pugno chiuso. Crollò con il camoscio sulle spalle, faccia avanti.

Li trovò un boscaiolo in primavera, uno sull'altro, dopo un inverno di neve gigantesca. Erano incastrati da poterli separare solo con l'accetta. Li seppellì insieme. Sul corno sinistro del camoscio era stampata a ghiaccio una farfalla bianca.

Visita a un albero

Si sporge dalla roccia su un abisso. Il suo ceppo iniziale era sul bordo e fu distrutto da un fulmine. Allora la radice ha ributtato in fuori, sopra il vuoto, un ramo orizzontale. Da quello è ripartito verso l'alto: l'albero sta così appoggiato all'aria, da gomito su un tavolo.

È un cirmolo, parente dell'abete, ma più folto di rami e solitario, inadatto al servizio di Natale dei suoi simili decimati nei boschi dei pendii più facili. Se ne sta a quota 2200, con gli ultimi tronchi che azzardano l'altezza, poggiati sbilenchi su versanti scoscesi offrendo angolo retto al cielo.

Nessuno sale a tagliarlo, troppo rischioso sporgersi sul vuoto, trascinerebbe con sé il boscaiolo. D'estate riceve il primo sole alle 6, salito dietro una cima di Fanes. Una volta all'anno salgo a salutare l'albero, mi porto da scrivere e mi siedo al suo piede.

A due metri da lui, ovest preciso, spuntano dai sassi quattro stelle alpine, un principio di costellazione. Ancora un paio di metri a ovest un mugo accovacciato al suolo sparge i suoi rami in cerchio. Dentro vive la vipera, la sento soffiare poi calmarsi.

Un albero solitario ha un recinto invisibile, largo quanto l'ombra da poggiare intorno. Prima di entrarci, tolgo i sandali. Mi stendo alla sua luce.

Il cirmolo è capace di biforcarsi in due rami principali, impossibile per l'abete e il larice. Il fusto di quello di quassù ha due braccia levate, parallele, una è per il fulmine. Sa di essere a bersaglio, l'altezza solitaria lo comporta. È nato dalla scarica che uccise il tronco precedente a lui. Il fulmine è suo padre secondario. Varie paternità si riducono a cause, i loro figli a effetto. Terra è sua madre in cui si attacca a polipo di scoglio.

Quando la nuvola si addensa grigia, s'arruffa intorno alla montagna, passa una corrente a fremito sulla superficie. L'alpinista, se si trova lì, la sente strusciarsi su di lui, facendo la carezza del cotone imbevuto che strofina la parte prima della siringa. Il fulmine è preceduto da uno sfregamento del cielo sulla terra.

Il cirmolo conosce il fremito che gli illumina i rami di un'aureola. In quel momento smette di respirare, far salire linfa: abbassa gli aghi e aspetta. Succede che la nuvola si sposta a scaricare altrove la sua febbre. Lo schianto su altre rocce avvisa di riprendere il respiro.

Tra un albero e un uomo la conversazione corre ai fulmini. Racconto i miei. Sulla Tofana di Mezzo salivo già da più di mille metri. Vado spesso da solo, sono della specie del cirmolo e non dell'abete.

Si ammucchiavano nuvole intorno alla montagna, ci salivo dentro. Mi piace starci, più che a cielo sgombro. Aggiungono un silenzio compresso, addensano la solitudine. La solitudine è un albume, la parte migliore dell'uovo. Per la scrittura è una proteina.

La nuvola addosso alla Tofana cominciò a sbriciolarsi in grandine. Smise la solitudine che fa agili i passi. Le prese da toccare si ricoprirono di granatina bianca, gli appog-

gi dei sandali andavano calcati per non sci-
volare.

Le dita sulla grandine devono essere svelte,
se restano a soppesare la tenuta perdono sen-
sibilità. I guanti non possono servire, ci vuole
il contatto delle falangi per dare un po' di pre-
cisione a mosse che non possono sbagliare.

Il cirmolo conosce queste cose, regge sugli
aghi la neve e la cristalleria del ghiaccio. Non
ospita nidi, non qua sopra.

Salivo nella nuvola e infittiva la grandine.
Un passaggio un po' brusco, facile da asciutto, mi comportò una spinta a mosca cieca.
Provai a guardare in su, ma lo scroscio negli
occhi me li chiuse. Ho caricato uno slancio e
appoggiato un ginocchio sopra un terrazzino
sdrucciolo. È stata una mossa impacciata, al
cirmolo dispiace. L'eleganza di movimenti è
per lui una necessità. Non è mai goffo un albero, nemmeno quando crolla per il ferro del
boscaiolo.

Da quel momento la sua vita è legno, viag-
gia lontano, verso le segherie, diventa casa,
barca, chitarra, manico, scultura. Sarà elegan-
te anche caduto in mano a un assassino. Da
quel momento è promesso alla cenere.

Gli dico che noi due saremo presto operai di Babele, licenziati dall'impresa. Ma interrogati, diremo che noi vedemmo l'opera finita. La nostra torre in aria sarà stata completa.

Verso la cima della Tofana, cento metri sotto, la plastica della giacca fruscia, scuote, frigge. La corrente elettrica che precede il fulmine si sparge sulla superficie della roccia bagnata. Sto nel campo della scarica, che crepita, vibra. La montagna avvisa di togliersi da lì. Verso dove non me lo può dire.

Quando succede, a me viene di chinare la testa sul petto, piegare la schiena e andare via di lato. Il cirmolo scuote la sua cima, sa che non serve abbassare la testa. Il fulmine non è pipistrello che si attacca ai capelli. Cerca il ferro che sta nel sangue.

Bisogna invece irrigidirsi e appiccicarsi al suolo. Se non sbatte addosso, basta pure accanto, per dare una spinta all'aria, forte da sollevare e buttare di sotto. Il cirmolo nel campo del fulmine abbassa gli aghi ma non il getto più alto, che a valle chiamano candela.

Io invece mi sono spostato di lato come un soldato sotto il tiro nemico. Alle mie spalle è esplosa sulla roccia la mazzata del fulmine, mille volte un fabbro sull'incudine. Ho visto la sua fiamma da dietro, dalla nuca. Lo scoppio era quello di una granata tra i cortili, ma questo il cirmolo non lo può sapere, non sa né di granate né cortili. Perciò non gliel'ho detto.

Il fulmine non mi ha sbattuto a terra ma ho perso per un secco secondo il contatto con il suolo. Mi sono inchiodato là dov'ero, mani e piedi infilati nel bianco granuloso della grandine.

Questo il cirmolo sa, dopo la scarica viene da stare fermi, la linfa aspetta a ripartire, i rami si contano l'appello e le radici chiedono alle foglie se è cominciato il fuoco da qualche parte intorno.

Il freddo nelle dita mi ha rimesso in piedi e ho proseguito la salita. Scrosciava la baldoria della grandine, scricchiolavano i passi, spazzavo gli appigli. È l'abbraccio di cielo e di terra, si toccano le estremità esposte. È un abbraccio nuziale. Chi ci si trova chiede scusa di essersi intrufolato nell'intimità. Intorno i fulmini fanno la guardia e scacciano gli intrusi con le frustate della loro luce.

La grandine mi bacchettava il dorso delle mani che cercavano roccia. Ero arrivato a dieci metri sotto la cima, ne vedevo la croce parafulmine. Al cirmolo ne servirebbe una nei paraggi, invece stanno tutte sulle cime, dove non ci sono alberi da proteggere. Ho visto la croce, termine di salita per chi va per monti, termine di discesa in terra della vita narrata dai vangeli.

La spinta di alpinista mi fa salire ancora per raggiungerla, completare i passi, ma riparte a friggere la plastica addosso, sto di nuovo dentro il campo del fulmine. La superficie intorno ringhia l'avviso e allora chiedo scusa, mi rannicchio e via di lì veloce a testa bassa verso un riparo asciutto, dove il fiato sbuffa vapore, contento di salire.

Ho finito il racconto, il cirmolo intanto ha spostato l'ombra. All'ora del tramonto stampa la sua forma sopra la roccia dirimpetto, nitida come in neve fresca. Gli alberi di montagna scrivono in aria storie che si leggono stando sdraiati sotto.

Aspetto il primo buio, che cancella l'ombra dalla roccia di fronte. Appena tolta, spunta la prima stella sopra Fanes e i gradi di tepore scendono allegri e svelti dalla scala. Mi decido a levarmi quando nel naso pizzica l'inizio della sera. L'ospite di un albero si deve dileguare all'ora che si tolgono le ombre.

Esistono in montagna alberi eroi, piantati sopra il vuoto, medaglie sopra il petto di strapiombi. Salgo ogni estate in visita a uno di loro. Prima di andare via monto a cavallo del suo braccio sul vuoto. I piedi scalzi ricevono il solletico dell'aria aperta sopra centinaia di metri. Lo abbraccio e lo ringrazio di durare.

Indice